BEAUGAILLARD

OU

LE LION AMOUREUX,

VAUDEVILLE EN UN ACTE, IMITÉ D'UNE FABLE DE LAFONTAINE,

PAR MM. XAVIER, DUVERT et LAUZANNE

Représenté pour la première fois à Paris, sur le théâtre du VAUDEVILLE, le 5 février 1846.

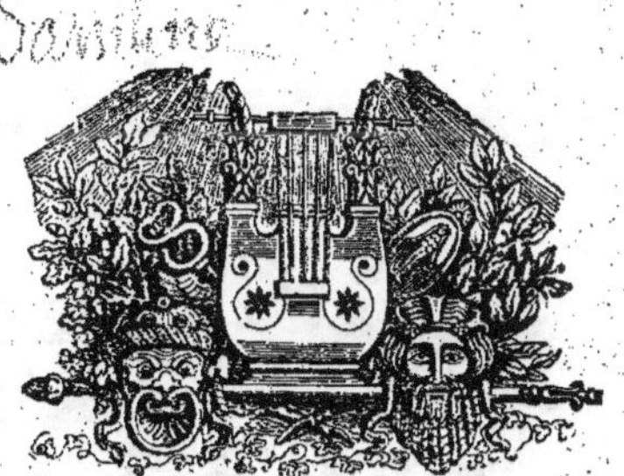

Prix : 50 centimes.

PARIS,

BECK, ÉDITEUR,

RUE GIT-LE-CŒUR, 12.

TRESSE, successeur de J.-N. BARBA, Palais-Royal.

1846.

THÉATRE DU VAUDEVILLE

BEAUCAILLARD

ou

LE LION AMOUREUX

VAUDEVILLE EN UN ACTE, IMITÉ D'UNE FABLE DE LAFONTAINE

PAR MM. XAVIER, DUVERT et LAUZANNE

Représenté pour la première fois à Paris, sur le théâtre du VAUDEVILLE, le 5 février 1848.

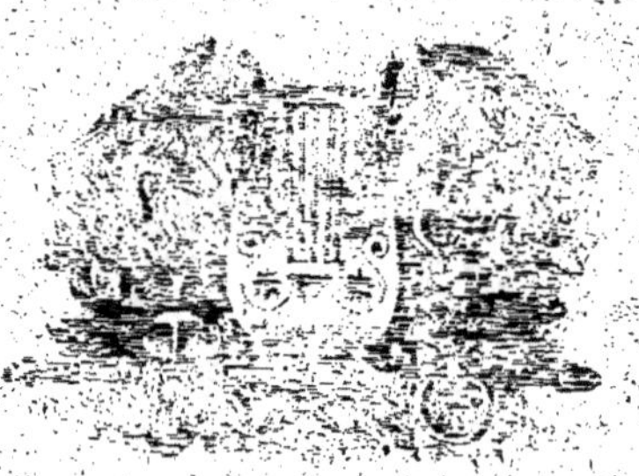

Prix : 20 centimes

PARIS

BECK, ÉDITEUR

rue …

…imprimerie… Palais-Royal.

1848

BEAUGAILLARD

ou

LE LION AMOUREUX,

VAUDEVILLE EN UN ACTE, IMITÉ D'UNE FABLE DE LAFONTAINE,

PAR MM. XAVIER, DUVERT et LAUZANNE,

Représenté, pour la première fois, à Paris, sur le théâtre du VAUDEVILLE,
le 5 février 1846.

PERSONNAGES.		ACTEURS.
RAGONEAU..	MM.	AMANT.
BEAUGAILLARD, neveu de Ragoneau.................		BARDOU.
GRANDIDIER, bijoutier...........................		BALLARD.
UN DOUANIER.....................................		ROGER.
THÉODORINE, maîtresse marchande de modes........	Mmes	A. BEAUCHÊNE.
HENRIETTE, modiste.............................		DELVIL.
IRMA, modiste..................................		JULIETTE.
DÉJANIRE, modiste.............................		MÉZERAY.
OUVRIÈRES MODISTES.............................		

Les personnages sont placés dans l'ordre où ils sont inscrits en tête de chaque scène, le premier à gauche, etc., les mouvements sont indiqués par des notes. — Toutes les indications de mise en scène sont données au point de vue du spectateur.

'adresser, pour la musique exacte de cette pièce, à M. R TARANNE, bibliothécaire du vaudeville, au théâtre.

Le théâtre représente un magasin de modes, le fond est vitré et donne sur la rue. — Au fond porte d'entrée, deux portes latérales; à droite et à gauche deux comptoirs couverts d'objets de modes; à gauche au 1er plan une psyché. — Au lever du rideau les modistes travaillent placées ainsi : trois modistes assises entre chaque comptoir et la coulisse; Déjanire à droite à la place la plus rapprochée du public, Henriette assise à gauche en dehors du comptoir, Irma également assise à droite en dehors du comptoir.

SCÈNE PREMIÈRE.

HENRIETTE, GRANDIDIER, IRMA, DÉJANIRE, MODISTES, *à droite et à gauche, elles sont toutes assises à leur place et travaillent.*

CHŒUR.

Air : *Du duo de Lucie de Lammermoor.*

La mode est la reine du monde :
Par nos chapeaux, par nos bérets,
De ruban, de gaze et de blonde
Composons ses légers arrêts.

IRMA, *à Grandidier qui lui parlait bas d'un ton très animé.*

Tenez, laissez-moi tranquille; vous êtes un jaloux.

GRANDIDIER.

Eh bien, oui! je suis un léopard !

IRMA, *avec ironie.*

Je sais bien que vous n'êtes pas un lion; et bien vous en prend... on n'en reçoit pas ici... madame les déteste.

DÉJANIRE.

Oh! et fièrement ! elle les a en horreur, en apathie.

IRMA, *se levant.*

Ça doit vous rassurer.

GRANDIDIER.

Eh bien, non, Irma ! j'aimerai autant voir rôder autour de vous un jeune barbu que ce vieux rusé de Ragoneau.

IRMA.

Ah ! s'il est Dieu possible ! Ragoneau! un homme d'âge, et pas respectable !

GRANDIDIER.

Mais riche!

IRMA.

Possible, mais si avare... c'est comme s'il était pauvre; allons, partez, madame va rentrer, prenez par cette porte qui donne sur l'allée. (*Elle lui indique la porte à droite.*)

1846

GRANDIDIER.

Je file! (*Revenant sur ses pas et avec senti-ment.*) (1) Irma, tu aimes toujours ton Grandidier?

IRMA.

Parbleu, n'êtes vous pas le premier...

GRANDIDIER, *vivement.*

Vrai?

IRMA.

Qui m'ait parlé de mariage? et quand vous serez établi bijoutier... mais partez donc! (*Grandidier sort par la porte à droite.*)

SCÈNE II.

HENRIETTE, RAGONEAU, IRMA, DÉJANIRE, MODISTES.

(*Tous les personnages sont assis, sauf Rago-neau et Irma.*)

IRMA, *apercevant Ragoneau qui vient du fond.*
Il était temps.

RAGONEAU, *entrant.*
Salut aux nymphes de la belle Calypso!

TOUTES.
Bonjour, Monsieur Ragoneau!

RAGONEAU.
Bonjour, mes petits rats. (*Cherchant des yeux.*) Tiens! Calypso n'est pas là?

IRMA.
Madame Théodorine? elle est sortie.

RAGONEAU.
Sortie? (*A part.*) Ça me va!

IRMA.
Vous venez lui parler de vos affaires d'argent? c'est donc bien vrai que vous allez devenir l'asso-cié de la maison?

RAGONEAU.
Ah! vous savez...

Air : *du vaudeville de l'Apothicaire.*

Je ne veux pas vous le céler :
Pour moi, c'est une bonne affaire;
Mais ce n'est pas pour spéculer
Que je me fais commanditaire.
Savez-vous ce que je voudrais?
Mon ambition n'est pas grande :
Toucher vingt pour cent d'intérêts
Et votre cœur pour dividende.

(*Il lutine Irma.*)

IRMA.
Finissez donc vos singeries, si madame vous voyait, j'aurais des raisons.

RAGONEAU, *avec dignité.*
Je suis fâché que vous appeliez les élans de mon

cœur des singeries, Irma! je vous donne ma parole d'honneur..,

IRMA, *vivement, et avec raillerie.*

Je la garde, Monsieur Ragoneau, c'est la pre-mière fois que vous me donnez quelque chose, et j'y tiens ; mais j'espère bien que vous me mettrez sur votre testament.

RAGONEAU.

Je le pourrais, n'ayant pas de famille.

TOUTES, *se levant et se rapprochant de lui, à l'exception d'Henriette qui est restée assise.*
Pas de famille! tiens, tiens!

RAGONEAU.

Pas la moindre... sauf un neveu (dont je suis l'oncle), mais c'est comme si je n'en avais pas...

TOUTES.

Comment ça ?

RAGONEAU.

Il ne venait me voir que pour me demander de l'argent... c'est honteux! un homme plus que ma-jeur... presque de mon âge... il n'y a que vingt ans de différence...ma foi, un beau matin, profitant de ce qu'il faisait un commerce illicite de cigares, je lui ai fait une telle venette, au nom de la régie dont je suis membre...

TOUTES.

Comment?

RAGONEAU.

Oui, je lui ai dit que je l'avais dénoncé... qu'il y allait de la prison...

IRMA ET LES AUTRES.

Ah! par exemple!

RAONEAU.

Je le lui ai dit, je ne l'aurais pas fait. Mais depuis ce jour-là, il a complètement disparu, je n'en ai plus entendu parler et je m'en ris. (*D'un air ten-dre.*) Ma famille est où vous êtes... je vous adopte!

DÉJANIRE, *gaîment.*

Toutes?

RAGONEAU.

Toutes! oui, mes petits chats, je vous servirai de père... (*Il embrasse une modiste sur le front.*) De frère... (*Il donne un baiser à une seconde; s'avançant vers Irma.*) Et d'époux!

IRMA, *le repoussant gaîment.*

Merci !

(*Elles s'éloignent toutes et vont se rasseoir.*)

RAGONEAU, *apercevant Henriette.*

Et à Henriette aussi.

HENRIETTE, *qui n'a pas quitté son ouvrage.*
Plaît-il ?

RAGONEAU, *à Henriette.*

Pourquoi donc baissez-vous comme cela vos jolis yeux, charmante Henriette?

HENRIETTE.

Je ne les baisse pas, Monsieur, c'est que je tra-vaille.

RAGONEAU, *à part.*

Délicieuse réponse! (*Avec galanterie.*) Je me

Crois plus que jamais chez Calypso, et je déclare Henriette une des plus jolies nymphes de l'île.

HENRIETTE, *avec une joie naïve.*

Ah! Monsieur Ragoneau! justement j'en suis.

RAGONEAU, *étonné.*

Comment ça?

HENRIETTE.

De Lille.

TOUTES, *riant.*

Ah! ah! ah!

IRMA, *riant.*

Est-elle bête c'te Henriette? ah! mon Dieu! mon Dieu!

RAGONEAU.

Ma chère enfant, je vais vous dire : l'île de Calypso n'est pas dans le département du Nord.

HENRIETTE, *se levant en allant à lui.*

Oh! dame! s'il y en a plusieurs, je ne peux pas deviner; vous parlez de Lille, je vous dis : j'en suis... et ces demoiselles rient de ça... je ne vois pas ce que ça a de si drôle! j'aime à entendre parler de mon pays; ça me fait plaisir.

RAGONEAU, *bas à Henriette.*

Cela prouve que vous avez le cœur bien né puisque votre patrie vous est chère.

HENRIETTE.

Oui, monsieur! on garde des souvenirs de son pays.

RAGONEAU.

Est-ce que vous y avez aimé quelqu'un?

HENRIETTE.

Oui, monsieur.

RAGONEAU.

Mais cet amour est complètement oublié?

HENRIETTE.

Non, monsieur.

RAGONEAU.

C'était donc un joli garçon, jeune, taille fine, tournure élégante?...

HENRIETTE.

Oh! pas du tout, au contraire; mais je l'aimais comme ça... il était si bon!

RAGONEAU.

Contez-moi donc ça?

HENRIETTE.

C'est tout, à peu près. — Quoique bon il était jaloux; un jour il me rencontre avec un monsieur à qui je donnais le bras... c'était mon parrain; mais il ne veut rien entendre; et le lendemain il quitte la ville... ça lui était bien facile, il était commis-voyageur. C'est alors que je suis venue à Paris pour l'y retrouver; mais Paris, c'est si grand...

IRMA, *se levant, à Ragoneau.*

Qu'est-ce qu'elle vous chante donc là? je parie qu'elle vous parle encore de sa passion malheureuse... elle ne fait que ça!

RAGONEAU, *bas à Henriette.*

On vous consolera. (*A part*). Elle est très gen-

tille cette petite! (*Aux autres*). Allons! mes colombes, je pars et je vous donne à toutes...

TOUTES.

Quoi donc?

RAGONEAU.

Le bonsoir.

IRMA.

Vous êtes en train de donner aujourd'hui.

RAGONEAU.

Ah! bien!.. ah! bon!... ah! bien... compris! (*A Irma*).

Air : *Allez retrouver votre père.*

Vous serez contente, je pense ;
Je vous quitte, ange aux yeux si doux !
Un instant prenez patience,
Et je reviens auprès de vous.

LES MODISTES.

Nous donner le bonsoir, je pense,
Est un présent digne de vous ;
Mais osez vous mettre en dépense,
Pour un cadeau digne de nous.

RAGONEAU, *à part.*

Par quelques galantes emplettes
Allons au but, et sans façons ;
Pour pêcher des cœurs de grisettes
Les bijoux servent d'hameçons.

CHŒUR.

Nous donner le bonsoir, je pense, etc.

(*Ragoneau sort, Irma et Henriette l'ont conduit jusqu'au fond. Les autres sont restées assises.*)

SCÈNE III.

HENRIETTE, IRMA, DÉJANIRE *et autres modistes.*

IRMA, *d'un air moqueur.*

Voilà un drôle de chrétien, par exemple!

HENRIETTE.

Moi, je dis que monsieur Ragoneau est un excellent monsieur!

IRMA.

Ah! ce mot! un excellent monsieur!

HENRIETTE.

Et un air respectable encore! il a des airs de papa.

IRMA, *avec ironie.*

Ah! s'il a des airs de papa, il n'y a rien à dire! dès lors qu'il ressemble à papa.

TOUTES, *riant.*

Ah! ah! ah!

HENRIETTE, *d'un petit air boudeur.*

Vous êtes toujours à vous moquer de moi! c'est ennuyeux aussi!

DÉJANIRE, *avec moquerie.*

Elle s'emporte!

THÉODORINE, *en dehors.*

C'est bien ! c'est bien ! c'est bien !

IRMA, *avec empressement.*

Chut ! voilà madame !

(Toutes se remettent à l'ouvrage et ont repris leurs places).

SCÈNE IV.

HENRIETTE, THÉODORINE, IRMA, DÉJANIRE, *modistes à droite et à gauche.*

Théodorine paraît très agitée ; elle s'arrête un instant sur le seuil de la porte du fond, jette un regard derrière elle, et entre précipitamment. — Costume élégant et prétentieux. — Elle affecte beaucoup de prétention dans son langage.

IRMA, *bas aux autres.*

Qu'est-ce qu'elle a donc ?

THÉODORINE, *à part.*

Dieu ! s'il m'avait reconnue : ah ! qu'il suffit de peu de chose pour compromettre le repos d'une femme comme il faut ! .. mais non.. il ne m'a pas vue !... *(Haut).* Eh bien, mesdemoiselles, l'ouvrage avance-t-elle ? *(A part).* Comment ? ce chapeau n'est pas encore confectionné ? ·

IRMA.

Voilà, madame... on va le porter. *(Elle se lèv).* Allons, Henriette ! en course ; faites atteler... mettez vos socques *(regardant le chapeau)* il est un peu tapé, je crois.

THÉODORINE.

Irma, vous vous servez de mots... d'une grande popularité, ma chère... tapé !.. on dit... fignolé.

IRMA, *à part.*

Ah ! c'te chipie, parce qu'elle a été femme de chambre d'une comtesse.

HENRIETTE, *à Irma après avoir mis son chapeau et son châle.*

Vous dites que c'est pour ?...

DÉJANIRE, *regardant sur son livre*

Madame Amanda, artiste au théâtre royal de l'Opéra-Comique, rue du Helder, 8.

(Henriette met le chapeau dans un carton).

IRMA.

Oh ! artiste ! je sors d'en prendre !

THÉODORINE, *remontant la scène pour déposer son chapeau et d'un ton de réprimande,*

Irma !

IRMA, *avec une confusion affectée.*

Pardon, madame, je ne sors pas d'en prendre ; mais ça n'empêche pas qu'elle chante dans les chœurs ; une cigale ! et ça porte des chapeaux de 120 francs !

HENRIETTE, *passant entre Théodorine et Irma.*

Qu'est-ce que ça fait, si elle est sage et honnête ?

IRMA, *se tournant vers elle, vivement et du plus grand sérieux.*

Puisque je vous donne ma bénédiction à vous ! qu'est-ce que vous demandez de plus ?

HENRIETTE, *en sortant et à elle-même.*

Ah ! elles sont toutes bien méchantes.

(Elle sort par le fond, toutes les modistes rient).

SCÈNE V.

THÉODORINE, IRMA, DÉJANIRE, *modistes ;* puis BEAUGAILLARD.

THÉODORINE, *à part.*

Oui, ce sont d'assez mauvaises langues... heureusement pour moi, elles ignorent ma rencontre au dernier bal masqué.. avec ce monsieur qui est si bien ! *(Beaugaillard paraît au dehors et regarde dans le magasin, à l'aide de son lorgnon.)*

DÉJANIRE, *aux autres.*

Mesdemoiselles.... regardez... une barbe qui montre son nez aux carreaux...

THÉODORINE.

Qu'est-ce que c'est ?

TOUTES.

Oh ! le bel homme !

IRMA.

Ce ne serait pas l'avis de madame, elle qui déteste les barbes !.

THÉODORINE, *sans regarder.*

Certainement. . je l'ai dit...

IRMA.

Oh ! plus de mille fois.

THÉODORINE, *à part.*

Si elles savaient...

BEAUGAILLARD *aperçoit Théodorine et jette un cri.*

Oh ! *(après une pause.)* Ah !

THÉODORINE, *l'apercevant.*

Dieu ! c'est lui !.. *(Beaugaillard disparaît.)* Mesdemoiselles, mesdemoiselles, vite, vite, une toque, un chapeau... traitez-moi comme une cliente... j'ai mes motifs .. *(Elle s'assied à la place qu'occupait Henriette, Irma et Déjanire s'empressent autour d'elle.)*

TOUTES, *avec étonnement.*

Tiens ! tiens !

IRMA, *à part.*

Un lion ! ah ! ben ! ah ! ben !

BEAUGAILLARD, *revenant et regardant encore.*

Ah ! oh !

DÉJANIRE, *aidant Théodorine à essayer une toque.*

Avec cette coiffure-là, madame, tournera toutes les têtes.

THÉODORINE, *minaudant.*

Vous croyez ? il me semble que c'est chiffon... et ce nœud, comme c'est bousillé !

BEAUGAILLARD, *entrant vivement* (1).

Ma foi, je n'y tiens plus! (*Il porte toute sa barbe et une épaisse chevelure blonde, redingote de couleur claire, de forme élégante, mais excentrique, gants paille, petite canne, à part.*) C'est bien elle! (*à Théodorine.*) Quelle joie! quel bonheur! enfin je vous retrouve! madame la baronne!..

THÉODORINE, *se levant.*

Ah! monsieur, vous m'avez fait peur!.. mais je ne suis pas.. baronne... (*à part.*) Quelle situation!

BEAUGAILLARD.

Eh! qu'importe, que m'importe, madame! qu'importe!

THÉODORINE.

Monsieur!

BEAUGAILLARD.

Air : *d'Aristippe.*

Oui, que m'importe la noblesse,
Ces titres vains auxquels on ne tient plus?
Esprit, beauté, grâce, jeunesse,
C'est-là le blason de Vénus;
Je m'en contente, et ne veux rien de plus!
Les parchemins d'une noble duchesse
Rehaussent-ils les lys et le carmin?
De la beauté la valeur est en baisse
Lorsqu'elle tourne au parchemin!..

IRMA, *aux autres* (2).

Elle a donc été à la chasse au lion?

THÉODORINE.

Mesdemoiselles, je vous recommande... ma commande... au surplus, j'entre dans le bureau, je vais là coucher par écrit, ce sera plus sûr.

IRMA, *faisant la révérence, avec raillerie.*

Oh! madame la marquise...

THÉODORINE.

Je sais que cette maison est l'une des premières de Paris et très bien *affamée.*

BEAUGAILLARD, *lui offrant son bras.*

Pernette!..

THÉODORINE, *avec fierté.*

Monsieur, je vous prie de ménager vos expressions!

BEAUGAILLARD *la regardant stupéfait.*

Bah!

THÉODORINE.

Je ne suis point faite à ces manières. (*Elle entre dans la pièce à gauche.*)

BEAUGAILLARD, *à lui-même.*

Bah?.. quoi?... comment?.. farouche à présent?.. tiens!.. tiens!.. tiens!.. (*haut.*) Mesdemoiselles!..

(1) Théodorine, Beaugaillard, Irma, et Déjanire debout. Modistes assises.
(2) Beaugaillard, Théodorine, Irma, Déjanire.

SCÈNE VI.

BEAUGAILLARD, IRMA, DÉJANIRE, MODISTES, *toutes levées et l'entourant.*

IRMA.

Monsieur!

BEAUGAILLARD.

Cette dame qui vient de sortir se fournit-elle habituellement ici?

IRMA.

Elle prend tout ici.

BEAUGAILLARD.

Son nom?

IRMA.

Il fallait le lui demander à elle-même.

BEAUGAILLARD.

Pardon, si je ne me suis pas fait comprendre; vous ne me supposez pas assez simple pour n'avoir pas conçu cette pensée parfaitement élémentaire; mais elle ne me l'a pas dit; j'adore cette dame, et je crois être aimé d'elle.

IRMA.

Elle, vous aimer!

TOUTES.

C'est impossible!

BEAUGAILLARD.

Impossible!.. pardon, si je ne me fais pas bien comprendre... j'adore cette dame, et je me crois parfaitement aimé d'elle; mais j'ignore son nom, sa position, son domicile. Concevez-vous mon embarras? si je lui écris, en mettant pour adresse: *A celle que j'aime,* je plonge l'administration des postes dans une perplexité affreuse, et il y a dix à parier contre un que ma lettre ne lui parviendra pas. Si je mets: *A la plus jolie,* mon billet sera remis (*avec galanterie*) à l'une de vous.

TOUTES, *avec satisfaction.*

Ah! il est très bien, ce monsieur!

IRMA.

Écoutez, monsieur, nous sommes bonnes filles

BEAUGAILLARD.

Je le crois! franchement. je le crois!

IRMA.

Nous voulons bien vous dire qui elle est; mais à la condition que vous, vous nous direz où et comment vous avez fait sa connaissance.

BEAUGAILLARD.

Oh! rien de plus facile! c'est il y a deux jours au bal de la liste civile.

IRMA.

Où même elle a perdu son bracelet.

BEAUGAILLARD.

En effet, je me rappelle cette circonstance!.. comment l'appelez-vous?

IRMA.

Un instant, vous avez bien dit l'endroit; mais nous voulons savoir le reste... après?

BEAUGAILLARD.

Je lui trouvai une tournure délicieuse, beaucoup de distinction... dans le langage; un entraînement incroyable dans la Mazourka, nous polkâmes, nous mazourkâmes ensemble pendant toute la soirée; comment l'appelez-vous?

DÉJANIRE, *aux autres, avec surprise.*

Elle a polké?..

IRMA, *à Déjanire.*

Elle, qui fait tant la chipie!... après?

BEAUGAILLARD.

Après? nous avons soupé. Comment l'appelez-vous?

IRMA

Un petit moment. Ah! elle a soupé! après?

BEAUGAILLARD.

Après? elle quitta la table sous un prétexte.. d'une grande vulgarité... pardon si je me.., et ne reparut plus... Il y avait deux jours que je la cherchais, lorsqu'en regardant à travers votre vitrage, je reconnus ma belle fugitive...

IRMA,

La voilà donc prise en flagrant délit de barbu!

BEAUGAILLARD.

Comment se nomme-t-elle? où demeure-t-elle?

IRMA.

Vous voulez avoir son adresse?

BEAUGAILLARD.

Oh! oui!

IRMA, *riant.*

Eh bien! tenez, en v'là un paquet!

(*Elle lui donne un paquet d'adresse qu'elle prend sur le comptoir.*)

BEAUGAILLARD.

Quoi! (*Il lit l'adresse.*) Madame Théodorine, marchande de modes. (*A lui-même.*) Marchande de modes! j'y suis!

IRMA, *riant.*

Vous y êtes! voici son hôtel.

TOUTES, *riant.*

Ah! ah! ah!

ENSEMBLE.

Air : *de Lucrèce Borgia.*

TOUTES.

Ah! se peut-il! pour nous quelle tristesse!
De votre sort notre cœur est touché?
Vous avez cru séduire une duchesse,
Il s'trouv' qu'ell' n'a qu'un comptoir pour duché!

BEAUGAILLARD.

Eh! que m'importe à moi? point de tristesse!
Je trouve ici ce que j'avais cherché;
Et qu'elle soit boutiquière ou duchesse,
Sans sourciller, je conclus le marché.

(*Elles sortent en riant.*)

SCÈNE VII.

BEAUGAILLABD, *seul.*

Modiste! moi qui la croyais danseuse!.. je l'avois tarifée bien au-dessous de sa valeur... d'ailleurs, je n'ai pas le droit d'être difficile, moi, ancien commis-voyageur, moi, proscrit par la régie, pour avoir voulu doter ma patrie d'une industrie nouvelle... l'art de faire des cigares de la Havane avec des feuilles de salsifis.. (*Avec importance.*) sans garantie du gouvernement. J'avais mis le gouvernement à l'abri de toute espèce de tracasseries... et de poursuites! moi, qui suis dénoncé par mon oncle, menacé de la prison, et qui pour dérober ma tête au glaive des contributions indirectes, suis obligé de me déguiser en lion, en lion privé! privé de tout... à peu près. C'est si triste que je finis par en rire, ma parole d'honneur.

Air : *De sommeiller encore, ma chère.*

Mon tailleur qui sait ma débine
Se fatigue de m'habiller;
Mon chemisier me fait la mine;
Je ne vois plus mon chapelier.
Voilà que mon propriétaire
Va me chasser de sa maison!
Je n'aurai plus bientôt sur cette terre
Rien d'abrité... que le menton!

Aussi pour me dérober à mes persécuteurs, qu'ai-je fait? j'ai abandonné ma figure à toute l'ardeur de sa végétation, j'ai renoncé au rasoir, et je me suis réfugié sous mon oncle, à l'insu de ma barbe... c'est-à-dire, non, sous ma barbe, comme Achille sous son oncle... sous sa tente; je m'embrouille... n'importe! je fraude mon oncle et l'État! mais j'ai trouvé Théodorine, mon horizon se débrouille; un établissement de modes, ça me va; ça me chausse comme un gant. Maintenant que la trahison d'Henriette est à peu près effacée de ma mémoire, je trouve Théodorine charmante; je m'agraffe à elle, je me donne à elle; je me fais épouser par elle; je fais la cour à toutes ses modistes, ce qui est très coquet, et je suis le plus heureux des hommes (*avec fatuité*), comme elle est la plus heureuse des femmes!...

SCÈNE VIII.

BEAUGAILLARD, RAGONEAU, PUIS HENRIETTE.

RAGONEAU, *revenant du fond, à part.*

J'ai mon moyen de séduction, mettons à la place d'Irma ce bijou corrupteur (*il met sur le comptoir à droite une petite lotte*), mais où donc est-elle passée?..

BEAUGAILLARD, *à lui-même en arrangeant sa cravatte à la psyché.*

Il faut faire une fin, je me range, je ne sortirai plus de chez moi.

RAGONEAU, *s'avançant.*

Quel est donc ce monsieur, qui a l'air ici chez lui?... vous demandez quelque chose, monsieur?..

BEAUGAILLARD, *après l'avoir lorgné, vivement à part.*

Dieu! mon oncle!

RAGONEAU, *très poliment.*

Vous demandez quelque chose, Monsieur? (*Beaugaillard cherche à s'esquiver en pirouettant sur lui-même; Ragoneau imite son mouvement et tourne autour de lui pour voir son visage sans y pouvoir parvenir. Beaugaillard tout en chantonnant gagne ainsi la porte à gauche, il entre dans la pièce voisine; Ragoneau l'y poursuit, sans pouvoir parvenir à voir son visage, et en criant continuellement : vous demandez quelque chose, monsieur?*)

HENRIETTE, *venant du dehors.*

Là! voilà ma course faite! tiens, ces demoiselles ne sont pas là? (*Elle entend du bruit.*) Ah! les voici!.. *Beaugaillard rentre en scène par une porte qui est au deuxième plan à gauche et est toujours poursuivi par Ragoneau qu'il cherche à éviter.*)

RAGONEAU, *le suivant toujours.*

Vous demandez quelque chose, monsieur?.. monsieur, vous demandez quelque chose?
(*Beaugaillard marche toujours sans lui répondre.*)

RAGONEAU.

Monsieur, monsieur... quand vous aurez fini de tourner!..

BEAUGAILLARD.

Je n'ai jamais fini que quand je m'arrête!

RAGONEAU.

Alors, arrêtez-vous.

BEAUGAILLARD.

Et je ne m'arrête jamais avant d'avoir fini.

RAGONEAU.

A la garde!

SCÈNE IX.

(RAGONEAU, *au premier plan,* THÉODORINE, *venant du fond à gauche,* BEAUGAILLARD *un peu au fond,* HENRIETTE *au premier plan à droite.*

THÉODORINE, *entrant par la porte à gauche.*
Qu'est-ce donc?

BEAUGAILLARD.

Ah! Madame je vous retrouve!..

THÉODORINE, *jetant un cri de surprise en voyant Beaugaillard.*

Ah!

HENRIETTE, *même cri en entendant Beaugaillard.*

Ah!

BEAUGAILLARD, *même cri en voyant Henriette.*
Ah!

RAGONEAU, *essoufflé, tombant sur sa chaise.*
Ah!

HENRIETTE, *avec émotion, à part en regardant Beaugaillard.*

Cette voix!..

THÉODORINE, *embarrassée, à part en regardant Beaugaillard.*

Encore ici!

BEAUGAILLARD, *à part, après avoir jeté un regard sur Henriette et sur son oncle.*

Je suis reconnu!

RAGONEAU, *sur sa chaise, à part.*

Je suis moulu!

TOUS.

Quoi? (*Ils se regardent tous les uns après les autres et répondent ensemble après un long silence :* Rien!

HENRIETTE (1), *allant à Ragoneau et lui désignant Beaugaillard qui a remonté la scène avec embarras et qui a l'air de faire, à l'aide de son lorgnon, l'inventaire du mobilier.*

Vous connaissez monsieur?

RAGONEAU.

Non, Dieu merci!

THÉODORINE, *bas à Henriette.*

Vous connaissez monsieur?

HENRIETTE.

D'abord oui... j'avais cru... (*Regardant Beaugaillard.*) Mais non, non! (*Elle descend à gauche.*)

RAGONEAU, *bas à Théodorine (2).*

Vous connaissez monsieur?

THÉODORINE, *embarrassée.*

Moi, mais...

BEAUGAILLARD, *bas à Théodorine.*

Vous connaissez monsieur?

THÉODORINE, *lui présentant Ragoneau.*

Monsieur de Ragoneau.

RAGONEAU, *à part.*

Pourquoi m'appelle-t-elle Dragoneau?

THÉODORINE.

Qui a bien voulu m'accompagner jusqu'ici... et qui ne me refusera pas son bras...

RAGONEAU, *avec empressement.*

Madame...

BEAUGAILLARD, *embarrassé en voyant Henriette qui l'observe; avec empressement à Théodorine.*

Justement, c'est mon chemin!..
(*Ragoneau et Beaugaillard offrent simultanément leur bras à Théodorine et se rencontrant nez à nez, ils jettent un cri d'impatience.*

(1) Ragoneau, Henriette plus haut, Théodorine, Beaugaillard au fond à droite et tournant le dos.
(2) Henriette, Ragoneau, Théodorine, Beaugaillard

HENRIETTE, *vivement après avoir entendu Beau-gaillard.*

Mais c'est pourtant bien ça!..

THÉODORINE, *à Henriette.*

Qu'avez-vous donc?

HENRIETTE.

C'est que Monsieur a tout-à-fait la voix de quelqu'un , qui dans le temps... un appelé Beaugaillard.

BEAUGAILLARD, *à part.*

Aïe! aïe!

RAGONEAU , *avec une grande surprise*

Beaugaillard?

HENRIETTE, *l'examinant.*

Mais non... non... je me trompe.

MONTGAILLARD, *caressant sa barbe.*

O ma barbe chérie, tu me sauves!

RAGONEAU, *avec curiosité.*

Beaugaillard! un commis-voyageur?

HENRIETTE.

Juste! un bien mauvais caractère!

BEAUGAILLARD, *à part.*

Bon!

RAGONEAU, *à Henriette.*

Dites un méchant garnement!

BEAUGAILLARD, *à part.*

Et je me laisserais calomnier à mon nez et à ma... *(avec force.)* Non! c'est une fausseté! (1)

HENRIETTE, *vivement.*

Vous l'avez connu?

BEAUGAILLARD, *avec force.*

Oui!

THÉODORINE.

Messieurs! vous vous expliquerez plus tard .. *(à Ragoneau.)* votre bras.

BEAUGAILLARD, *avec force.*

Non! —

RAGONEAU, *donnant son bras à Théodorine, et remontant la scène avec elle.*

Il a été forcé de se cacher, le bon sujet!

BEAUGAILLARD, *avec fierté et d'un air pénétré.*

Mais ce n'est pas une raison pour attaquer devant moi la mémoire de mon ami...

RAGONEAU, *quittant le bras de Théodorine, et redescendant la scène d'un air joyeux et avec curiosité.*

La mémoire... comment, la mémoire?

THÉODORINE, *à Henriette.*

Retirez-vous!

HENRIETTE, *à part.*

J'aurais cependant bien voulu savoir...

(Théodorine l'accompagne jusqu'à la porte à gauche, Henriette tient la porte entr'ouverte pour écouter. (2)

RAGONEAU, *à Beaugaillard avec intérêt.*

Monsieur, donnez-moi de ses nouvelles!.. Je

(1) Henriette, Beaugaillard, Ragoneau, Théodorine.
(2) Ragoneau, Beaugaillard, Théodorine.

vous prie de me donner de ses nouvelles : j'en manque.

BEAUGAILLARD, *d'un air pénétré.*

Vous me demandez de ses nouvelles? l'an dernier aux Iles Marquises, où j'étais en garnison, il vint me trouver à mon régiment et me dit monsieur le comte!.. *(Ragoneau ôte son chapeau.)*

THÉODORINE, *qui revient avec intérêt.*

Monsieur le comte! aussi, je me disais... il a un air...

BEAUGAILLARD, *continuant avec aplomb et fierté.*

Monsieur le comte! mon gueux d'oncle...

RAGONEAU, *piqué.*

L'expression est... verte!

BEAUGAILLARD.

Ne m'interrompez pas.

THÉODORINE, *à Ragoneau.*

N'interrompez pas M. le comte!

BEAUGAILLARD, *continuant.*

Mon vieux ladre d'oncle... pardon si je ne me fais pas bien comprendre...

RAGONEAU, *remettant son chapeau et l'enfonçant de côté d'un air tapageur.*

Je vous comprends parfaitement; mais comme vous traitez les absents, monsieur !

BEAUGAILLARD, *avec calme.*

Je modifie mes termes *(reprenant.)* mon oncle...

RAGONEAU *satisfait.*

Ah !

BEAUGAILLARD, *continuant.*

Cet abominable cancre *(Ragoneau donne une nouvelle tape sur son chapeau et l'enfonce plus ar vt.)* me refusant des fonds, et me forçant de m'expatrier, je viens m'enrôler sous votre drapeau, monsieur le co te. *(Ragoneau ôte son chapeau.)* et mourir pour la France .. s'il n'y a pas moyen de faire autrement.

HENRIETTE, *qui écoute à la porte de côté. A part.*

Quoi !

RAGONEAU.

C'est palpitant d'intérêt, continuez!

BEAUGAILLARD.

Un jour, du côé d Owai, à Pif-Pouf-Paf-o-o-o, vous savez!

RAGONEAU.

Je connais.

BEAUGAILLARD, *à part.*

Il connaît! *(haut.)* Nous étions vingt-cinq hommes contre vingt-deux mille.

RAGONEAU.

C'est peu.

BEAUGAILLARD.

C'est beaucoup.

RAGONEAU.

Vingt-cinq hommes !

BEAUGAILLARD, *avec importance.*

Vingt-deux mille!... cerpés dans un étroit défilé vous ne pouvions échapper.

RAGONEAU, *avec humeur.*

Aussi pourquoi fait-on les défilés si étroits que ça!

THÉODORINE.

Eh bien?

BEAUGAILLARD.

Il a été pris...

HENRIETTE, *fermant la porte.*

Ah!

RAGONEAU.

Par les naturels?

BEAUGAILLARD.

Par le chagrin.

RAGONEAU.

Dans un défilé? et il a péri?

BEAUGAILLARD.

De langueur!.. dans un défilé... (*à part.*) de longueur.

RAGONEAU, *comme défaillant, et tombant sur une chaise.*

Ah!.. Monsieur!.. quelle nouvelle!

THÉODORINE, *cherchant à le consoler.*

Voyons, monsieur Ragoneau!..

RAGONEAU, *désespéré.*

Ah!! (*à Théodorine en changeant de ton. Tout-à-coup.*) Savez-vous que cela éclaircit joliment ma position c'est vingt mille francs dont j'hérite (1).

BEAUGAILLARD, *très surpris, à part.*

Ah! bah?

THÉODORINE.

Comment?

RAGONEAU.

Oui, depuis sa disparition il nous est arrivé un petit héritage en commun... nous étions deux, me voilà seul, c'est une consolation.

BEAUGAILLARD, *à part.*

Ah! le brigand! et ne pouvoir!.. je n'en suis pas moins poursuivi... si je ne découvre, il me fera arrêter.

RAGONEAU, *à Beaugaillard.*

Monsieur, enchanté d'avoir fait votre connaissance, je vous demande la permission de la cultiver.

BEAUGAILLARD.

Monsieur... (*à part.*) Je ne me prêterai pas à cette culture, je te rattraperai, toi!

RAGONEAU, *bas à Théodorine.*

J'ai à vous parler des clauses de notre association... exportez-le!..

BEAUGAILLARD (2), *à Théodorine.*

Renvoyez le vieux, je vous dirai pourquoi? (*Il passe à l'extrême droite.*)

THÉODORINE, *à Ragoneau.*

Air: *A revenir dans notr' famill .* (Famille du Fumiste)

Allez, et rédigez d'avance
Les termes de notre traité ;
(*Regardant Beaugaillard.*)
Bientôt, je vous dirai, je pense,
S'il peut être ou non accepté.

(1) Beaugaillard, Ragoneau, Théodorine.
(2) Ragoneau, Beaugaillard, Théodorine.

ENSEMBLE :

Allez, et rédigez d'avance, etc.
RAGONEAU *à la reprise de l'air*
Oui, je vais rédiger d'avance
Les termes de notre traité ;
Bientôt vous trouverez, je pense,
Qu'il peut par vous être accepté
BEAUGAILLARD, *à la reprise de l'air.*
Montrons ici de l'assurance:
Soyons un Lion indompté ;
Et soumettons à ma puissance
Le faible cœur de la beauté !

(*Ragoneau sort par le fond.*)

SCÈNE X.

THÉODORINE, BEAUGAILLARD.

THÉODORINE, *qui vient de reconduire Ragoneau, en redescendant et à part.*

Avant de conclure avec Ragoneau, je vais forcer ce jeune comte à s'expliquer.

BEAUGAILLARD, *s'avançant*

Madame!..

THÉODORINE, *avec une réserve affectée.*

Je ne sais, monsieur, jusqu'à quel point il est convenable que je vous donne ainsi audience chez ma marchande de modes.

BEAUGAILLARD, *avec aplomb.*

Ah! calmez-vous : vous êtes ici chez moi... prenez donc la peine de vous asseoir. (*Il lui indique la chaise qui est près du comptoir.*

THÉODORINE, *surprise.*

Chez vous!

BEAUGAILLARD.

Pourquoi pas? je suis propriétaire de cet établissement.. vous devez bien le savoir, puisque vous êtes une de mes clientes... pardon si je ne me fais pas comprendre..

THÉODORINE, *à part.*

Ah! voilà un aplomb! (*haut.*) Monsieur, vous z'hasardez là une prétention bien invraisemblable.

BEAUGAILLARD, *avec feu.*

Oui, je voudrais que la raison sociale fût : Isidore et Théodorine.

THÉODORINE. *surprise.*

Quoi! vous savez... (*avec abandon.*) Eh bien! oui, monsieur le comte, je vous l'avouerai... la révolution de juillet qui a brisé tant de brillantes existences... m'a forcés de prendre un état... peu en rapport avec l'éducation distinguée...

BEAUGAILLARD, *d'un air d'adhésion.*

Que vous auriez pu recevoir.

THÉODORINE.

Oui, monsieur.

BEAUGAILLARD.

Comment donc? marchande de modes?.. j'aime beaucoup les marchandes de modes...

THÉODORINE, *d'un ton de regret.*

Quand on a appartenu à une grande famille!

BEAUGAILLARD, *d'un air goguenard.*

Monsieur votre père avait beaucoup d'enfants?

THÉODORINE,

Non, je veux dire, à une grande maison.

BEAUGAILLARD, *de même*

Six étages?

THÉODORINE, *insistant.*

Une des premières maisons de la ville.

BEAUGAILLARD.

Près de la barrière alors?

THÉODORINE, *souriant.*

Oh! que vous êtes farceur! (*Ils rient tous les deux.*) Eh bien! je ne vous dissimulerai pas que vous avez produit sur moi, à la première vue... j'ai été un peu bien imprudente peut-être... mais je suis sur le point de contracter avec M. Ragoneau...

BEAUGAILLARD, *vivement.*

Vous me sacrifiez à ce monstre? ah! Théodorine!

THÉODORINE, *minaudant.*

Non... mais votre présence ici le... taquine et peut compromettre mes intérêts...

BEAUGAILLARD.

Moi, cesser de vous voir? moi, ne plus rentrer ici!.. j'aimerais mieux... (*avec force.*) Oui, j'aimerais mieux... n'en jamais sortir!..

THÉODORINE.

Monsieur, ce que vous dites là...

BEAUGAILLARD, *avec passion.*

Est la vérité, madame; oui, je vous aime, je vous adore, je vous idolâtre, je suis fou... je m'installe ici, je m'assieds, je m'accoude, j'accroche mon chapeau, je croise mes jambes, je prends des airs de propriétaire! (*En parlant, il s'assied près du comptoir, il pose son chapeau sur un champignon; le fond de son chapeau se perce, et le champignon passe au travers; en s'accoudant sur le comptoir, il fait tomber la boîte déposée par Ragoneau et qui va rouler au milieu du théâtre.*)

THÉODORINE, *voyant tomber la boîte.*

Prenez donc garde, monsieur, voilà quelque chose qui vient de tomber de votre poche.

BEAUGAILLARD.

Je n'ai jamais rien dans ma poche. (*Reprenant le ton passionné et se levant.*) Me chasser!.. avez-vous donc oublié cette nuit de Polka, d'amour et de champagne?

THÉODORINE, *ouvrant la boîte et avec surprise.*

Un bracelet! (*Elle garde le bracelet et jette la boîte au milieu du théâtre.*)

BEAUGAILLARD, *d'un ton indifférent.*

Vous n'avez pas retrouvé celui que vous avez perdu à ce bal?

THÉODORINE, *d'un air enchanté.*

Ah! monsieur le comte... voilà une attention... avec des pierres fines...

BEAUGAILLARD, *surpris.*

Hein?

THÉODORINE.

Je ne sais si je dois accepter...

BEAUGAILLARD, *à part*

Tiens! tiens! est-ce qu'elle supposerait que?... (*haut.*) D'abord je vous préviens que je ne l'emporterai pas.

THÉODORINE, *examinant le bracelet.*

Il est très distingué.

BEAUGAILLARD.

Alors... (*à part.*) Décidément elle pense que c'est moi...

THÉODORINE.

Eh bien! j'accepte ce bracelet. (*Elle lui tend la main.*)

BEAUGAILLARD, *lui baisant la main, avec transport.*

Ah! belle Théodorine!

THÉODORINE, *minaudant.*

Monsieur le comte...

BEAUGAILLARD, *exalté, cherchant à lui saisir la main.*

Encore!

THÉODORINE.

Quelqu'un! (*Elle s'éloigne vivement.*)

SCÈNE XI.

THÉODORINE, GRANDIDIER, IRMA, BEAU-GAILLARD, *puis* RAGONEAU.

GRANDIDIER, *venant du fond avec Irma, vivement et furieux*

Oui, le vieux vient pour vous, et il est ici! je vous dis qu'il est ici!

IRMA.

Vous êtes un affreux jaloux! (*Elle ramasse la boîte que Théodorine a jetée par terre, après en avoir retiré le bracelet.*)

THÉODORINE.

Ah! c'est vous, Monsieur Grandidier? que voulez-vous?

GRANDIDIER, *animé.*

Ce que je veux?.. je veux...

THÉODORINE.

Vous devez savoir que la moralité de mon établissement s'oppose à ce que ces demoiselles reçoivent leurs connaissances...

GRANDIDIER.

Aussi n'est-ce pas pour cela: je viens recevoir le prix d'un bracelet que j'ai vendu.

RAGONEAU, *entrant et voyant la boîte entre les mains d'Irma, à part.*

Elle l'a ! (1)

GRANDIDIER, *apercevant Ragoneau.*

Voilà le vieux sapajou !

RAGONEAU, *à part.*

Maladroit ! si elle apprend que je l'ai donné à Irma...

BEAUGAILLARD, *à part.*

Diable ! le fabricant de bracelets !

THÉODORINE.

Par quel hasard venez-vous recevoir ici le prix de vos fournitures ?

RAGONEAU, *bas, à Grandidier.*

Ne répondez pas !

GRANDIDIER, *regardant Ragoneau d'un air menaçant.*

Madame, parce que c'est ici que l'individu en question...

THÉODORINE.

C'est bon ! (*bas, à Beaugaillard* (2). Payez-le, et renvoyez cet homme, que Monsieur Ragoneau ne se doute pas de mon inconséquence.

BEAUGAILLARD.

Vous avez raison... (*à part*) Voilà une position ! (*d'un ton affirmatif.*) Voilà une position !

RAGONEAU, *bas, à Grandidier.*

Ah ! ça, vous êtes donc fou, vous, de venir toucher ça ici ?

GRANDIDIER, *avec une rage concentrée*

Non, j'avais mes raisons !

BEAUGAILLARD, *bas, à Théodorine, en tirant son portefeuille avec ostentation.*

Feignez de vous occuper d'autre chose, il n'est pas séant que cela se passe devant vous. (*Théodorine remonte la scène.*) Il s'agit peut-être d'un bracelet de mille écus. (*Il cherche dans son portefeuille.*) Je ne sais pas s'il voudra de mon papier, je n'ai là que des factures... non acquittées...

RAGONEAU, *examinant de loin Beaugaillard.*

Qu'a donc ce monsieur à faire l'inventaire de son portefeuille ? (*Il donne de l'argent à Grandidier.*)

GRANDIDIER, *prenant l'argent.*

Merci ! c'est le compte. (*Il va prendre son chapeau qu'il avait mis sur le comptoir.*)

THÉODORINE. *à part, d'un air enchanté.*

Le comte ! ah ! je le reconnais bien là !

BEAUGAILLARD, *surpris, à lui-même.*

Il paie ! ah ! c'est mon oncle qui est... (*Il met résolument son portefeuille dans sa poche, met les mains dans ses goussets et se promène.*)

(1) Théodorine ; Ragoneau Grandidier, Irma, Beaugaillard.

(2) Grandidier, Ragoneau, Irma, au comptoir de droite ; Théodorine, Beaugaillard.

RAGONEAU, *bas à Irma qui descend la scène.*

Il est bien à vous, maintenant, petit ange ! (1).

IRMA.

Quoi ? à moi ?

RAGONEAU.

Le bracelet.

GRANDIDIER, *descendant vivement.*

Qu'est-ce que c'est ? c'était pour Irma ?

RAGONEAU.

Chut !

THÉODORINE, *à Grandidier.*

Vous êtes payé, Monsieur ?

GRANDIDIER, *se disposant à sortir.*

Oui, madame. (*Montrant l'argent qu'il tient dans sa main.*) Sept francs cinquante... c'est le prix !

THÉODORINE, *scandalisée.*

Sept francs cinquante ?

IRMA.

Sept francs cinquante ?

BEAUGAILLARD.

Sept francs cinquante ?

THÉODORINE, *à Beaugaillard.*

Comment, monsieur, ce bracelet offert avec tant de grâce...

BEAUGAILLARD.

Trop bonne !

THÉODORINE.

C'est du chrysocale ! (*Avec indignation.*) Sept francs cinquante !

GRANDIDIER, *avec vie à Irma.*

Quoi ! c'était pour elle ?

BEAUGAILLARD.

Ah ! l'horreur !

IRMA.

Comment ?

GRANDIDIER, *en sortant.*

C'est égal, je reviendrai !

THÉODORINE, *à Beaugaillard.*

Vous pouvez bien le reprendre ! (*Elle jette le bracelet par terre.*)

BEAUGAILLARD, (1) *passant vivement du côté de Ragoneau.*

Dites donc, vieux faussaire, vous achetez des bijoux en chrysocale ! vous ?

THÉODORINE.

Comment lui ?

BEAUGAILLARD, *secouant Ragoneau.*

Vous donnez des Ruolz ?

RAGONEAU, *interdit.*

Quoi ?

BEAUGAILLARD.

Des Elkington ? (*A Théodorine.*) Oui, madame. (*A Ragoneau.*) Et vous n'avez pas honte d'offrir de pareilles choses ?

(1) Ragoneau, Irma, Grandidier un peu au fond, Théodorine, Beaugaillard.

(2) Ragoneau, Beaugaillard, Irma, Théodorine.

RAGONEAU, *ramassant le bracelet et allant à Théo-*
dorine.

Mais je n'ai rien offert ; c'est madame qui s'en est
parée à mon insu.

IRMA.

Emparée, vous voulez dire. (*Elle remonte la
scène avec humeur.*)

THÉODORINE.

Moi ? quelle infamie? (*Désignant Beaugaillard.*)
C'est Monsieur qui m'a dit... (1)

RAGONEAU, *à Beaugaillard.*

Vous?

BEAUGAILLARD, *avec force.*

Je le croyais en or ; mais je le croyais en or !

RAGONEAU, *riant d'indignation.*

Ah ! voilà un aveu naïf !

BEAUGAILLARD, *à Théodorine.*

J'allais le payer ; c'est vous qui vous y êtes op-
posée !

RAGONEAU, *à Théodorine.*

Croyez bien, Madame, que s'il vous eût été
destiné... (*Bas.*) Pour preuve, soyez à cinq heu-
res, chez le notaire, nous signerons notre acte de
commandite.

IRMA, (2) *à Ragoneau.*

C'est-à-dire que, pour moi, il était assez bon
comme ça?

RAGONEAU.

Oui !

BEAUGAILLARD, *à part, avec joie.*

Mon oncle barbotte !

RAGONEAU, *à Irma.*

C'est-à-dire, non ! je vais offrir... (*Se tournant
vers Théodorine.*) Je vous assure...

BEAUGAILLARD, *à part.*

Il barbotte de plus en plus.

RAGONEAU.

Mais je n'ai pas dit... (*A part.*) Mon Dieu ! mon
Dieu, quel embarras !

THÉODORINE, *indignée en indiquant Irma.*

Quoi ! c'était pour Mademoiselle ?...

RAGONEAU, *au comble de la confusion.*

C'est-à-dire, permettez...

IRMA.

Je vous dis de vous taire ! du chrysocale ! en
v'là une d'infamie ! (*Prenant le bracelet des mains
de Ragoneau.*) Donnez toujours, ça sera pour faire
un collier à ma chatte. (*Elle met le bracelet.*)

THÉODORINE, *à Beaugaillard.*

Quant à vous, monsieur, je vous prie de sortir
et de ne plus remettre les pieds dans cette maison.
(*A part.*) Me compromettre ! et s'attribuer les ca-
deaux des autres, par exemple !

BEAUGAILLARD, *à Ragoneau.*

Vous entendez ?

(1) Beaugaillard, Ragoneau, Théodorine, Irma un peu
au fond.

(1) Beaugaillard, Irma, Ragoneau, Théodorine.

RAGONEAU.

Mais ce n'est pas à moi, c'est à vous...

BEAUGAILLARD, *avec surprise.*

Pas possible !

ENSEMBLE.

THÉODORINE, *à part.*

Air : *Rentrez, rentrez chez vous.*

Oui, c'est un malheureux
Et qu'il s'éloigne de ces lieux !
Il se dit amoureux
Et vient me faire un tour affreux !

BEAUGAILLARD.

Pour un lion amoureux
Ah ! vraiment c'est un tour affreux !
Mais restons dans ces lieux :
Afin de tout voir par mes yeux.

RAGONEAU.

Enfin, c'est fort heureux,
Je le fais chasser de ces lieux :
Et de deux amoureux :
Je suis le seul victorieux !

IRMA.

Fiez-vous donc aux vieux,
Ah ! vraiment, c'est un tour affreux !
Quand on peut trouver mieux :
On a tort de compter sur eux.

(*Ragoneau sort par le fond et Beaugaillard pro-
fite du moment où Irma rentre dans l'atelier
pour se cacher derrière la psyché, qui est à gauche du comptoir.*)

SCÈNE XII.

THÉODORINE, *seule.*

Ah ! je ne m'étais pas trompée sur l'espèce...
un loup !.. ça peut-être le premier des animaux ;
mais c'est bien le dernier des hommes !.. n'ou-
blions pas que M. Ragoneau m'attend à cinq heu-
res, pour signer l'acte chez le notaire. (*Elle fait
un mouvement pour entrer dans son cabinet,
Beaugaillard sort de sa cachette.*)

SCÈNE XIII.

BEAUGAILLARD, THÉODORINE.

BEAUGAILLARD, *très animé.*

Où vous n'irez pas, Madame.

THÉODORINE.

Encore vous, Monsieur?

BEAUGAILLARD.

Oui, moi... et c'est à cette momie d'Égypte, à
ce caliban perverti, ô Théodorine ! que vous accor-
deriez votre affection ?... tandis que moi vous me
chassez?..

THÉODORINE.

Écoutez donc, c'est que... il doit...

BEAUGAILLARD, *vivement.*

Il a des dettes?

THÉODORINE.

Il me doit commanditer de dix mille francs.

BEAUGAILLARD.

Je vous commandite de vingt mille, moi.

THÉODORINE, *émue.*

Ah! monsieur... j'oublie toujours votre nom.

BEAUGAILLARD, *à part.*

Je crois bien! (*Haut*). Isidore!...

THÉODORINE.

Je suis *émotionnée* d'un tel procédé... mais être commanditée par un homme... de votre âge... ma réputation...

BEAUGAILLARD, *avec véhémence.*

Votre réputation, Théodorine? je la sauve, je vous offre ma main.

THÉODORINE.

Est-il possible?

BEAUGAILLARD.

Et je ne vous demande en échange .. que tout ce que vous possédez.

THÉODORINE.

Certes, cette proposition est à mes yeux d'une valeur... intrinsèque... (*Avec grâce*). Voyons asseyez-vous là... écoutez-moi.

(*Elle s'assied à la place d'Irma auprès du comptoir à droite.*

BEAUGAILLARD, *s'asseyant près d'elle sur un tabouret très bas et avec admiration.— Il ôte ses gants.*

Je m'assieds... je vous écoute, je vous regarde, je vous dévore des yeux!

THÉODORINE.

Je comprends le sacrifice que vous me faites... en consentant à contracter une hyménée avec une simple artiste en modes...

BEAUGAILLARD.

Oh!

THÉODORINE.

Oui Isidore c'en est un dans votre position sociale et humanitaire.

BEAUGAILLARD.

Oh!

THÉODORINE.

Et cependant j'en ai encore un à vous demander de sacrifice.

BEAUGAILLARD, *avec abandon,*

Parlez chérie, adorée, enchanteresse, parlez! donnez-moi des petits noms jolis; appelez-moi Zizi, appelez-moi Dodore, appelez-moi votre chat! (*Il veut lui baiser la main*).

THÉODORINE.

Ah! vous m'avez égratignée!

BEAUGAILLARD, *riant.*

C'est que nous autres lions, nous avons les ongles un peu...

THÉODORINE.

Griffes!... c'est justement ce que je ne puis souffrir... cette fourrure excentrique .. ce titre de Lion, voilà ce qui me déplaît en vous.

BEAUGAILLARD.

Il est cependant très bien porté par les gens les plus spirituels .. Le lion est le roi des bêtes!

THÉODORINE.

Oui, mais je me suis tant prononcée à cet égard... je n'oserais plus me montrer...

BEAUGAILLARD, *à part.*

Ni moi!

THÉODORINE.

Cependant, je ne m'en défends pas, Isidore, vous avez fait sur moi une impression... (*Indiquant le bas du visage de Beaugaillard*). Oh! d'abord vous avez tout ceci très bien...

BEAUGAILLARD.

Vrai? vous trouvez Théodorine? vous trouvez?

THÉODORINE, *lui passant la main dans les cheveux.*

Air: *Change, chang-moi.* (La Chatte métamorphosée en femme.)

J'aime ces cheveux
Doux et soyeux

BEAUGAILLARD.

Qui vous empêche?
S'ils sont à vos yeux
Si précieux,
Ah! qu'une mèche
Comble vos vœux!

THÉODORINE, *attirant doucement la tête de Beaugaillard.*

J'accepte avec bonheur
Un présent si flatteur

(*Elle a pris des ciseaux sur le comptoir, et lui coupe une énorme touffe de cheveux du côté gauche.*

BEAUGAILLARD, *vivement.*

Que me faites-vous là!
O Dalila!

(*Il se lève et se regarde avec indignation dans la psyché:*)

M'en a-t-elle happé?
Me voilà bien huppé!
Je suis trompé,
Dupé,
Je suis scalpé!

THÉODORINE, *sans se lever avec douceur.*

Calmez, calmez-vous,
Point de courroux,
Cher Isidore.

(*Elle lui fait signe de se rasseoir.*)

MONTGAILLARD, *revenant.*

A ce mot si doux,
Futur époux,
Je viens encore
A vos genoux.

(*Il se rassied près d'elle.*)

THÉODORINE.

J'ai juré que jamais
Pour mari je n'aurais
Un homme chevelu,
Un lion barbu

*(Beaugaillard s'accoude amoureusement sur les
genoux de Théodorine, elle lui attire doucement la tête et commence à lui couper la barbe;
Montgaillard fait un mouvement, qu'elle com-
prime en lui appuyant la main sur la tête.*

N'bougez pas   attendez !

BEAUGAILLARD, *avec effroi.*

O ciel, vous me tondez !

*(Il se relève précipitamment, toute la barbe est en-
levée du côté gauche ainsi qu'une énorme touffe
de cheveux.*

Vous m'avez abusé !

(Avec indignation et frappant du pied.)

Je suis rasé !!!
Des débris de mon
Pauvre menton,
De ma crinière,
Pour un médaillon
J'en fesais don ;
Veut-elle en faire
Un édredon !

*(Théodorine se lève, et s'approche de lui les ci-
seaux à la main ; il l'éloigne avec fureur.*

Assez ! *(Il se regarde dans la glace).* Quelle horreur !... *(Désolé).* Mais, madame, je vais être forcé
de tout couper.

THÉODORINE, *à part.*

Je l'espère bien.

BEAUGAILLARD, *désolé.*

Je sors.

THÉODORINE.

Allez ! et confiez-vous à l'amour.

BEAUGAILLARD, *de même.*

Oui !.. c'est-à-dire non ! j'aime mieux un perru-
quier, il a plus l'habitude ! *(Il chante sur un mouvement très précipité).*

Des débris de mon, etc.

(Il sort vivement par la porte du fond à droite).

~~~~~~

SCÈNE XIV.

THÉODORINE, *puis* IRMA, DÉJANIRE, *modistes.*

THÉODORINE, *à part.*

Par ce moyen, je n'aurai pas manqué à ma parole. Maintenant qu'il doit être joli, qu'il va me
sembler beau. Il faut du moins que je donne congé
poliment à ce pauvre Ragoneau *(Appelant).* Mesdemoiselles !

IRMA, DÉJANIRE *et les modistes.*

Madame appelle ? madame appelle ?

(1) Modistes, Irma, Théodorine, Déjanire, modistes.

THÉODORINE.

Je sors.. mon chapeau, mon châle, vite, vite!

DÉJANIR, *aux autres.*

Elle va dîner en ville ; je vous l'avais bien dit.

THÉODORINE.

Je vais chez mon notaire.

IRMA.

Tiens ! est-ce que vous allez vous marier ?

THÉODORINE.

Mais... ça pourrait bien ne pas tarder à poin-
dre...

TOUTES, *surprises.*

Ah ! comment ?

IRMA, *curieusement.*

Avec monsieur Ragoneau ?

THÉODORINE.

Fi !

IRMA, *de même.*

Avec le beau barbu, alors?

THÉODORINE.

Celui que j'épouserai n'aura ni ongles, ni barbe,
ni crinière. Adieu, mesdemoiselles, veillez bien
au magasin, et finissez votre ouvrage.

IRMA, *la conduisant.*

Madame sait bien qu'on ne flâne jamais quand
elle n'est pas là.

*(Théodorine sort par le fond, toutes les modistes
l'accompagnent jusqu'à la porte.)*

~~~~~~

SCÈNE XV.

IRMA, DÉJANIRE, LES AUTRES MODISTES.

TOUTES, *vivement.*

La voilà partie ? campo général !

CHŒUR.

Air : *A la gaîté tout nous invite.* (Grand-Palatin.)

Au doux plaisir , à la folie,
Oui, consacrons notre loisir.
L'occasion est si jolie !
Aux cheveux il faut la saisir

IRMA

Pour que fête se prolonge,
Mes d'moisell's bravons l'décorum!
Si vous voulez nous f'rons du *punge*,
J'paierai l'feu : qu'est-'qui fournit l'rhum ?

DÉJANIRE.

Moi!

TOUTES.

Ça va !

REPRISE DU CHŒUR.

Au doux plaisir, etc.

*(Déjanire sort avec deux modistes par la porte du
fond ; les autres la reconduisent.)*

SCÈNE XVI.

IRMA, MODISTES, BEAUGAILLARD, *ven ant par la porte à droite, sans voir les modistes qui sont au fond, il a coupé sa barbe et ses cheveux.*

BEAUGAILLARD, *sur l'avant-scène.*

Je suis complètement émondé... j'ai porté la hache et la cognée dans ma forêt de buis.

TOUTES, *descendant la scène et d'un air effrayé.*

Ah! qu'est-ce que c'est que ça? (1).

BEAUGAILLARD, *se cachant la figure avec ses deux mains.*

Ce n'est pas moi.

IRMA, *le regardant plus attentivement.*

Ah ça! mais il me semble...

BEAUGAILLARD, *prenant son parti.*

Eh bien! oui! (*Passant la main sur son menton avec un regret comique.*) J'ai abdiqué, comme Sylla... Où est votre maîtresse? (*Rire général.*)

IRMA, *riant.*

Quoi?.. c'est ce monsieur! et pourquoi donc ce matin aviez-vous une si grande barbe?

BEAUGAILLARD, *d'un air confidentiel et à demi-voix.*

Parce que je l'avais laissée pousser.

IRMA.

Et pourquoi, à présent, ne l'avez-vous plus?

BEAUGAILLARD, *de même.*

Parce que je l'ai coupée... Pardon, si je ne me fais pas comprendre... vous voyez ma confiance? ne me trahissez pas.

TOUTES.

Il n'y a pas de danger.

RAGONEAU, *hors de vue.*

Madame Théodorine est sortie?.. hé! hé! hé!

BEAUGAILLARD, *à part.*

O ciel! j'entends les hennissements de mon oncle! (*Portant la main à son menton*) et je suis sans abri! (*Haut avec inquiétude.*) Mesdemoiselles, sacrebleu! cachez-moi!

TOUTES

Comment?

BEAUGAILLARD.

Comme vous pourrez! vite, vite! je suis pressé!

IRMA.

Eh bien! là, sous le comptoir.

(*Elle lui indique le comptoir à droite.*)

BEAUGAILLARD, *examinant le dessous du comptoir avant de s'y cacher.*

Si l'on voulait se promener en calèche là-dessous, on serait bien gêné...

IRMA.

Ah! ça mais, qu'est-ce qui lui prend!

(1) Modistes, Beaugaillard, Irma, Modistes

SCÈNE XVII.

LES MÊMES, RAGONEAU, PUIS GRANDIDIER, PUIS DÉJANIRE ET UN DOUANIER, HENRIETTE.

RAGONEAU, *entrant mystérieusement, et s'adressant à Irma.*

Ne dites rien, c'est moi.

IRMA.

Je vous croyais chez le notaire.

RAGONEAU.

J'irai, j'irai, on m'y attendra, mais je me suis dit : j'ai le temps d'aller faire ma paix avec ma petite Irma.

Air : *Du premier prix.*

Je veux, au bras de mon amie
Placer avant la fin du jour,
Deux bracelets, ô ma chérie,
En or pur... Comme mon amour!

IRMA.

Ah! grand Dieu! vous me glacez l'âme
Ça m'rassur' peu sur le métal,
En or pur comme votre flamme?
V'là qu' nous r'tombons dans l'chrysocal!

(*On entend au dehors le cri : Ouaite! ouaite! ouaite!*)

RAGONEAU, *avec sentiment.*

Irma, vous me faites injure.

IRMA, *effrayé.*

Dieu! Grandidier! c'est son cri. Cachez-vous!

RAGONEAU.

Pourquoi?

IRMA.

S'il nous trouvait ensemble, après ce qui s'est passé, il vous tuerait.

RAGONEAU.

Il me tuerait! comment?

IRMA.

Je ne sais pas comment; mais sûr, sûr, il vous tuerait! cachez-vous donc!

RAGONEAU.

Mais où?

IRMA, *lui indiquant le comptoir à droite.*

Là, là!

BEAUGAILLARD, *à part, passant sa tête par un trou qui est pratiqué sur le comptoir.*

Le lâche! a-t-il peur!

IRMA, *à part.*

Ah! Seigneur! et l'autre qui y est déjà! (*retenant Ragoneau et le conduisant à l'autre comptoir.*) Non, non, par ici!

RAGONEAU.

C'est pour vous ce que j'en fais! (*Il se cache sous le comptoir du côté gauche. Cris de joie et rires au dehors.*)

IRMA.

Ah! voilà Déjanire avec son cousin le douanier. (*Déjanire entre, portant une corbeille remplie de gâteaux. Le douanier tient un bol de punch.*)

TOUS.
Vivat! vivat! voilà les rafraichissements!

HENRIETTE, *accouran t par la porte de gauche.*
Mesdemoiselles! mesdemoiselles! voilà madame... Elle descend de voiture, elle paie le co-
cher.

TOUTES, *effrayée.*
Madame! est-il possible!

IRMA.
Sauve qui peut!

DÉJANIRE, *avec effro'.*
Messieurs!.. messieurs, cachez-vous?

GRANDIDIER ET LE DOUANIER.
Mais où ça?

IRMA, *éplorée.*
Là-dessous, mon Dieu!

LE DOUANIER.
Sous le comptoir? vite, vite! et le punch?

GRANDIDIER, *éteignant le punch*
Soufflé!..

(*Grandidier et le douanier se cachent sous le
comptoir, Grandidier à droite, le douanier à
gauche.*)

IRMA, *allant s'asseoir au comptoir de gauche
près de Ragoneau.*
Je n'ai pas une goutte de sang à ma disposi-
tion!

(*Henriette cache la galette dans le comptoir, à la
place occupée par Beaugaillard et s'assied à la
place occupée par Déjanire au lever du rideau; les autres cachent les gâteaux sous des
étoffes et mettent un chapeau sur le bol de
punch; ensuite elles reprennent leur place et
leur ouvrage.*)

SCÈNE XVIII.

IRMA, *modistes, au comptoir de gauche; sous ce
comptoir RAGONEAU, LE DOUANIER, HEN-
RIETTE, DÉJANIRE; modistes, assises au
comptoir de droite; sous ce comptoir BEAU-
GAILLARD, GRANDIDIER. Les modistes travaillent, puis THÉODORINE venant du dehors.*

CHŒUR.

Air. *Travaillons, travaillons du Maçon.*)
Travaillons (*bis*) avec zèle et constance;
Loin de nous not' maîtresse est pour quelques instants;
Prouvons-lui (*bis*) que même en son absence
Nous savons (*bis*) employer notre temps!

THÉODORINE, *entrant.*
C'est très bien, mesdemoiselles. (*à part.*) Isidore
n'est pas encore revenu.

IRMA, *feignant la surprise.*
Madame! déjà de retour? je vous croyais partie
pour toute la soirée avec M. Ragoneau.

THÉODORINE, *d'un air de dédain.*
Moi? j'avais rendez-vous avec lui, chez le notaire mais je ne l'y ai pas trouvé, et j'en suis ra-
vie! moins on voit ces êtres-là, plus on doit se
féliciter.

RAGONEAU, *passant la tête par un trou pratiqué
dans le dessus du comptoir.*
Quel est ce langage plus qu'anacréontique?

IRMA, *lui plaçant un chapeau sur la tête.*
Voulez-vous bien vous taire!

RAGONEAU, *sous le chapeau.*
Oh! un chapeau de femme! c'est ignoble.

THÉODORINE.
J'ai d'autres idées... Qu'est-ce que ça sent donc
ici? ça sent la galette chaude!..

BEAUGAILLARD, *la bouche pleine, passant la tête
par le trou de comptoir.*
Très chaude!

HENRIETTE, *stupéfaite en reconnaissant Beaugaillard.*
O ciel! c'est lui!

BEAUGAILLARD, *de même.*
Ah! (*Henriette le coiffe vivement d'un bonnet
pour empêcher Théodorine de l'apercevoir.*) Oh!
ne serrez pas tant ces rubans, vous m'étranglez!..

LE DOUANIER, *passant la tête par un autre trou.*
Qu'est-ce qu'il y a donc?

RAGONEAU, *apercevant la tête du douanier.*
Oh!

LE DOUANIER, *en même temps.*
Oh!

THÉODORINE, *se retournant.*
Quoi donc? (*elle voit les ouvrières occupées.*)

BEAUGAILLARD, *apercevant Grandidier.*
Oh!

GRANDIDIER.
Oh!

THÉODORINE, *se retournant de l'autre côté.*
Mais, mesdemoiselles! il y a ici quelque chose
d'extraordinaire!

IRMA, *avec embarras.*
Je ne vois pas ce qu'il peut y avoir...

THÉODORINE.
Je ne le vois pas non plus, mais j'ai entendu...

RAGONEAU, *passant la tête par le trou, et apercevant Beaugaillard.*
Mon neveu!

THÉODORINE, *effrayée.*
O ciel!

BEAUGAILLARD.
Mon oncle!

RAGONEAU, *furieux.*
Que venez-vous faire sous ce bonnet?

BEAUGAILLARD, *avec force.*
L'amour!

ENSEMBLE.

Air :

BEAUGAILLARD, RAGONEAU, GRANDIDIER, et le DOUANIER.

Ah ! l'étonnante aventure !
C'est lui, c'est sa figure,
Peut-on le concevoir !
Il est sous un comptoir !
Ah ! la colère m'enflamme !
Le scélérat, l'infame !
Il a pu m'outrager,
Mais je vais me venger.

GRANDIDIER.

Ah ! l'étonnante aventure !
L'ingrate, la parjure,
Pour m'empêcher de voir
M'a mis sous le comptoir ?
Ah ! la colère m'enflamme :
C'est une ruse infame ;
Elle a pu m'outrager :
Mais je vais me venger.

LE DOUANIER.

Ah! l'étonnante aventure !
Mais dans cette posture,
On a beau le vouloir,
On ne peut pas s'asseoir !
Ah ! quelle torture infame !
C'en est fait, je réclame ;
Je voudrais déloger,
Je demande à changer.

THÉODORINE.

Ah! quelle affreuse aventure !
Moucharder sa future,
Et rester, pour la voir,
Caché sous un comptoir !
Ah! mais, c'est un tour infame
La colère m'enflamme ;
On a pu m'outrager ;
Mais je vais me venger.

CHŒUR DES MODISTES.

Ah ! quelle affreuse aventure !
Sa fureur, tout l'assure,
Va ce soir, oui, ce soir,
Nous ravir tout espoir !
Ah ! la colère l'enflamme ;
Nous connaissons madame ;
Contre un pareil danger ;
Qui peut nous protéger ?

(*Après le quatrième vers du chœur, Beaugaillard et Ragoneau sortent de dessous le comptoir encore coiffés, Beaugaillard d'un bonnet et Ragoneau d'un chapeau de femme, et chantent le reste de l'ensemble, en se menaçant du geste.*)

THÉODORINE, *les apercevant.*

Qu'est-ce que ça, mon Dieu !.. ma maison envahie !.. une orgie chez moi !... mesdemoiselles, à l'atelier ! (1) (*Toutes les modistes sortent, excepté Irma et Déjanire.*)

IRMA, *d'un ton résolu.*

Puisque tout est découvert !..
(*Elle court aux assiettes de petits gâteaux.*)

BEAUGAILLARD, *aux autres.*

Ne craignez rien... (à *Théodorine,*) Cher ange !

THÉODORINE, *ne le reconnaissant pas.*

Qui êtes-vous, monsieur ?

BEAUGAILLARD.

Comment, charmante Théodorine ?..

THÉODORINE, *à part.*

Quelle voix !

BEAUGAILLARD, *humblement.*

Mais je suis le lion sans crinière !

THÉODORINE, *avec éclat.*

Dieu ! qu'il est laid !

IRMA ET DÉJANIRE.

Ça, c'est vrai !

HENRIETTE.

Si on peut dire...

RAGONEAU, *s'avançant vers Beaugaillard,*

Ah ! te voilà, brigand !

BEAUGAILLARD.

Je ne vous parle pas, à vous !.. (*avec volubilité.*) Si je vous parlais, vous me parleriez ; je ne vous parle pas, ne me parlez point... eh! quoi! Théodorine, avez-vous oublié le sacrifice que je vous ai fait ?

THÉODORINE.

De votre barbe ?.. vous en serez quitte pour la laisser repousser.

BEAUGAILLARD, *d'un air désespéré.*

Elle me repousse !

THÉODORINE, *le regardant avec surprise.*

Déjà ?

RAGONEAU, *à Beaugaillard.*

Ah ! tu n'es pas mort ?.. je te tiens, abominable fraudeur !..

BEAUGAILLARD.

Je suis pris !..

RAGONEAU, *au douanier.*

Force armée, faites votre devoir !

HENRIETTE, *allant vivement à Beaugaillard.*

Ne craignez rien !.. vous n'êtes pas menacé !.. c'est une invention de votre oncle, qui est un vilain homme... il nous l'a avoué lui-même ce matin, Monsieur Beaugaillard.

IRMA ET DÉJANIRE.

C'est vrai ! c'est vrai !

BEAUGAILLARD.

Quoi! cette poursuite de la douane ?

LE DOUANIER.

Il n'en a jamais été question.

(1) Grandidier, Ragoneau, Théodorine, Beaugaillard, Déjanire, le Douanier, Henriette.

BEAUGAILLARD.

Il serait possible? ô brave militaire! (*Il fait rapidement le mouvement de présenter les armes ; le douanier le salue en portant, la main à son shakos.*) Et c'est vous, Henriette, qui prenez ma défense?

HENRIETTE, *avec douceur.*

Malgré votre ingratitude!.. car celui dont vous étiez jaloux, c'était...

BEAUGAILLARD, *l'interrompant.*

Pas d'explications, Henriette! je te crois, je n'aime que toi, tu seras mon unique épouse!

RAGONEAU.

Elle sera bien heureuse, avec un homme qui n'a rien.

BEAUGAILLARD.

Si!.. j'ai un oncle...

IRMA.

Une jolie dot !

BEAUGAILLARD.

Un oncle qui me doit vingt mille francs !

RAGONEAU, *surpris.*

Moi ?

BEAUGAILLARD.

Oh! vous ne le nierez pas! je vous ai pincé dans un défilé... de longueur.

THÉODORINE.

C'est vrai!

RAGONEAU.

Je suis fait.

BEAUGAILLARD.

Allons, la journée n'est pas mauvaise, j'ai perdu ma barbe, mais j'ai retrouvé mon Henriette, vingt mille francs et un oncle que j'aime... à le penser,.. un oncle que j'estime...

RAGONEAU, *attendri.*

Ah! (*Il tend la main à Beaugaillard.*)

BEAUGAILLARD, *lui serrant la main avec force.*

Que j'estime de voir bientôt me nommer son légataire universel.

RAGONEAU, *secouant douloureusement sa main.*

Il est très fort !

CHOEUR GÉNÉRAL.

Air : *du Chalet.*

Pour nous c'est une heureuse chance !
Un tel bonheur nous était dû ;
Le ciel tôt ou tard récompense
Et l'innocence et la vertu.

BEAUGAILLARD, *au public.*

Air : *Il me faudra quitter l'Empire.*
Le lion possède un privilège unique,
C'est sa pommad' pour fair' pousser les ch'veux ;
Il est, messieurs, un autre spécifique
Dont vous avez le secret précieux,
Et dont l'emploi me conviendrait bien mieux :
Sans rien prendre à la bête fauve,
Prouvez-vous donc, ingénieux Français,
Que des bravos, dans ce temps de progrès,
Peuv'nt fair' pousser sur la pièc' la plus chauve
Non des cheveux, grand Dieu !... mais un succès,
Par vos bravos, fait's pousser un succès.

CHOEUR GÉNÉRAL.

Pour nous, c'est une heureuse chance, etc.

NOTE POUR LES THÉATRES DES DÉPARTEMENTS. — La touffe du cheveux enlevée à Beaugaillard, et tout ce qui constitue sa coiffure de lion, est attaché, au moyen de petits peignes, à la perruque qui lui sert à la fin de la pièce.

FIN.

EN VENTE CHEZ LE MÊME ÉDITEUR.

[illegible] . . 50
[illegible] . . 90
[illegible] . . 75
[illegible] . . 60
[illegible] . . 50
[illegible] . . 60
[illegible] . . 60